Dario Cih

THiLO

Wir wollen ins Finale!

Noahs großer Traum

THiLO

WIR WOLLEN INS FINALE!

Noahs großer Traum

Band 1

Mit Illustrationen von Jürgen Rieckhoff

Ravensburger Buchverlag

Bibliografische Information der Deutschen Nationalbibliothek:

Die Deutsche Nationalbibliothek verzeichnet diese Publikation in der Deutschen Nationalbibliografie. Detaillierte bibliografische Daten sind im Internet über *http://dnb.d-nb.de* abrufbar.

Das für dieses Buch verwendete FSC®-zertifizierte Papier liefert Arctic Paper Mochenwangen GmbH

1 2 3 16 15 14

Umschlagillustration: Jürgen Rieckhoff
Redaktion: Beate Spindler

Printed in Germany
ISBN 978-3-473-40951-8

www.ravensburger.de

INHALT

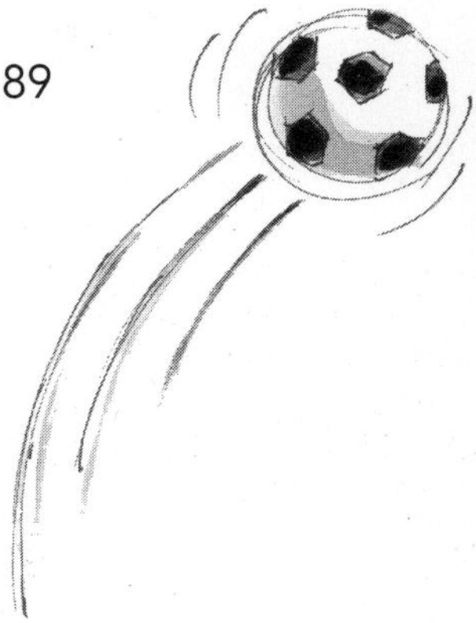

KAPITEL 1

DER SCHWUR

Krawumm! Bumm! Zisch!

Noah sah auf sein Handy. *31. Dezember 2013.* Noch genau siebenunddreißig Minuten bis Mitternacht. Aber irgendwelche Spinner brannten schon seit Tagen ihre Knaller ab. Als könnten sie das neue Jahr kaum noch erwarten.

So wie ich, dachte Noah. Er beschleunigte seine Schritte. Der Schnee knirschte unter den Stiefeln. Endlich hatte er sein Ziel erreicht: zwei Tore, vier Eckfahnen, ein Bauwagen. Ihre Fußballwiese, ihr ganzer Stolz.

Noah schloss den Bauwagen auf und drückte einen Schalter. Auf dem Dach glühten vier Strahler auf – ihre Flutlichtanlage.

Noah zog die Stiefel aus und schlüpfte in seine Fußballschuhe. Jetzt fühlte er sich unbesiegbar. Tausend Tore hatte er mit ihnen schon geschossen.
Noah warf seine Jacke auf die Bank und schnappte sich den Ball. Mit einem Panthersprung nahm er die Treppe. Dann stand er auf dem Spielfeld. Unter der weißen Schneedecke war es zwar nicht zu sehen, doch er kannte hier jeden Zentimeter.
Geschickt umdribbelte Noah drei Schneemänner. Er fixierte das Tor, bevor er abzog. Volle Möhre. Kein Torwart der Welt würde diesen Schuss halten können.
Wie eine Rakete flog der Ball auf das Tor zu.
Doch da schälte sich ein Schatten aus der Dunkelheit. Warf sich mit einem Hechtsprung vor die Torlinie und faustete den Ball ins Seitenaus.

„Einwurf!“, rief der Schatten. Er stand auf und klopfte sich den Schnee ab. Hardy, der beste Torwart, den man ohne Geld kriegen konnte.

„Cool, dass du gleich gekommen bist“, freute sich Noah.

Sie klatschten sich ab.

Hardy grinste. „Wie meinst du das? Ich bin doch gar nicht da, sondern liege brav in meinem Bett und schlafe.“

Noah konnte es nicht fassen. Klar: Normalerweise durfte er auch nicht so lange aufbleiben und erst recht nicht nachts draußen sein. Aber heute war Silvester! Da hatte seine Mutter eine Ausnahme gemacht.

Hardys Eltern waren leider nicht so cool. Deshalb hatten sie ihrem Sohn auch den Namen Reinhard verpasst. Im Gedenken an irgendeinen toten Urururonkel.

Quietsch! Ein orangerotes Bonanzarad hielt einen Zentimeter vor Hardys Fuß. Schnee spritzte in alle Richtungen.

Eule stieg ab, nahm die dicke Brille vom Gesicht und putzte die Gläser. Diesen Glasbausteinen verdankte er seinen Spitznamen. Sie machten seine Augen riesengroß. Außerdem schielte er.

„Bin aus dem Fenster geklettert", erklärte er und strich sich durch das strohige Haar. „Ihr wisst ja: Meine Schwester feiert heute eine Party. Und meine Alten spielen die Aufpasser."

Er nahm den Ball mit dem Fuß auf und kickte ihn immer wieder in die Luft. *Pock, pock, pock.* Das konnte Eule stundenlang.

Noah starrte in die Dunkelheit. Kein Mensch weit und breit. „Matti ist wie immer zu spät."
„Von wegen!", ertönte es hinter dem Bauwagen. Und schon tauchte ein brauner Lockenkopf auf. „Ich hab deine SMS gekriegt und bin gleich losgerannt. Was ist denn so dringend?"

Matti trug trotz der Eiseskälte sein Trikot und die kurze Hose. So ging er auch in die Schule. Ein Fußballverrückter, wie sie alle. Und ein wahrer Flankengott.
„Ich hab dir was mitgebracht." Matti hielt Noah eine kleine Kiste hin.
Als Noah sie öffnete, flogen ihm Konfetti, Luftschlangen und eine künstliche Spinne entgegen. Vor Schreck ließ er die Kiste fallen.

Matti, Eule und Hardy kringelten sich vor Lachen.
„Kommt zusammen", sagte Noah und fegte sich das Konfetti aus den Haaren.
Wie vor einem Spiel stellten sich die vier Jungen im Kreis auf, beugten sich vor und legten sich die Arme um die Schultern.

„Männer!", begann Noah feierlich. „In ein paar Minuten beginnt das Jahr 2014. Unser Jahr. Das Jahr der Fußball-WM in Brasilien."
Er sah seine Freunde scharf an. „Ich will da hin. Ich will nach Rio de Janeiro, zu meinem Vater. Und ihr kommt mit!"
Eule, Matti und Hardy starrten ihn überrascht an. Noahs Vater war Brasilianer. Vor zwei Jahren hatte er die kleine Familie verlassen und war zurück in seine Heimat gezogen.
„Wie sollen wir das machen, Capitano?", stammelte Eule. „Die Flugtickets kosten mindestens zehntausend Euro!"
Noah kniff verschwörerisch die Augen zusammen. „Träume werden wahr, wenn man fest genug an sie glaubt."
Er ließ seine Freunde los und holte einen Zettel aus der Tasche. Darauf stand:

Ich schwöre, alles für mein Ziel zu tun:
bei der Fußball-WM in Brasilien zu sein.

Noah

„Unterschreiben!", sagte er in einem Ton, der keinen Widerspruch zuließ.

Hardy setzte als Zweiter seinen Namen auf das Blatt.
Dann Matti.
Zuletzt Eule.
Noah lief zum Bauwagen. Mit einer Flasche und einer Rakete kam er zurück.
Er rammte die Flasche in den Arm eines Schneemanns. Dann rollte er den Zettel zusammen, band ihn an den dünnen Holzstab und stellte die Rakete in die Flasche.
Er sah aufs Handy. Noch fünfzehn Sekunden.
„Das wird unser Jahr", sagte er noch einmal.
„Wir fahren zur WM."
Gemeinsam zählten sie runter: „10-9-8-7-6-5-4-3-2-1 …"
Bei Null rauschte die Rakete in den Himmel.
Und dann spielten die vier Freunde Fußball, während über ihnen die Lichter der Feuerwerkskörper um die Wette funkelten.

KAPITEL 2

ÄRGER

Die ganze Nacht über träumte Noah von Brasilien. Von Spitzenfußballern. Von tollen Stränden. Von heißer Musik und Tänzen, wie sie sein Vater liebte. Und er, Noah, war mittendrin. Tanzte Samba in seinen Fußballschuhen.

Piep! Piep!

Was war das? Noah schreckte hoch.

Im Zimmer war es stockdunkel. Nur sein Handy leuchtete. *Neue Nachricht.*

Die Uhr zeigte 6:36.

„Welcher Idiot schreibt mir an Neujahr um diese Zeit!?", fluchte Noah vor sich hin.

Dann spürte er ein Ziehen im Bauch. Vor Freude. Bestimmt war die SMS von seinem Vater!

Er drückte auf Lesen.

Frohes neues Jahr! Hoffe, du bist gut reingerutscht. Ich tanze Samba die ganze Nacht und denke an dich. Bin stolz, dass du mein Sohn bist! Gruß an Mama. Kuss, Papa

Noahs Herz machte einen Hüpfer. Aber gleichzeitig fühlte er auch einen Stachel in der Brust. Der Stachel war in Gift getränkt und brannte wie Feuer. Er liebte seinen Vater Luiz über alles. Warum konnten sie nicht zusammen sein?
Noah schrieb zurück. In Brasilien war es jetzt erst kurz nach halb vier.

Lass es krachen! 2014 wird super, versprochen! Und im Sommer sehen wir uns. Ganz sicher. Noah

Gerne hätte Noah noch etwas auf Portugiesisch hinzugefügt. Darüber hätte sich Luiz total gefreut. Aber mehr als „Guten Tag" und „danke" konnte er nicht sagen.
Noah ärgerte sich oft, dass ihn seine Eltern nicht zweisprachig erzogen hatten. Sonst könnte er die Sprache seines Vaters heute sicher perfekt.
Eines Tages, das schwor er sich, würde er alles nachholen. Jedes Kind sollte die Muttersprache seiner Eltern verstehen – auch wenn es zwei waren.

Noah war hellwach, blieb aber noch eine Weile in seinem Bett liegen. Er blätterte sein Lieblingsbuch durch: *Die größten Fußballer aller Zeiten.*
Viele davon waren Deutsche: Beckenbauer, Breitner, Fritz Walter, Matthäus, Klinsmann, Sammer, Völler.
Oder Brasilianer: Pelé, Ronaldo, Roberto Carlos, Ronaldinho.
Und in ihm verbanden sich die Stärken all dieser Stars. Das spürte Noah. Fleiß und Disziplin der Deutschen. Spielwitz und Kunststücke der Brasilianer.
„Also werde ich auch Nationalspieler!", rief er aus.
Er sprang aus dem Bett und kickte seinen alten Teddy durch die Luft. Bälle waren in seinem Zimmer streng verboten.
Dann rannte Noah um den Stuhl herum, zog an seinem Jedi-Ritter vorbei, nahm den Teddy wieder auf und zielte Richtung Schranktür.
Wusch! Der Teddy fegte über den Schreibtisch und riss einen Becher mit sich. Saft ergoss sich über Noahs Rechenheft.
Er schnaubte. „Macht nichts. Tore zählen kann ich auch ohne Heft."
Plötzlich flog die Zimmertür auf. Davor stand seine Mutter im Nachthemd. Mit ziemlich verstrubbelten Haaren und kleinen Augen.
„Du bist wohl vom wilden Affen gebissen!", brüllte

sie. „Es ist kurz nach sieben! – Außerdem sollst du im Zimmer nicht Fußball spielen!"
Noah grinste. „Tu ich doch auch nicht. Ich spiele Fuß*teddy*."
Seine Mutter schüttelte den Kopf. „Auch verboten. Warum bist du überhaupt schon so früh wach?"
Noah zeigte auf sein Handy. „Papa hat mich geweckt. Ich soll dich grüßen."
Seine Mutter nickte.
„Ich will im Sommer zu ihm", entfuhr es Noah. „Am besten zur WM. Hardy, Matti und Eule sollen auch mit."

Seine Mutter lehnte sich an den Türrahmen. „Klar, und ich soll das alles bezahlen, oder?" Sie ging zu ihm und nahm ihn in den Arm. „Ich würde dich wirklich gerne zu deinem Vater schicken. Wir haben uns nicht im Streit getrennt, das weißt du. Aber ich habe einfach nicht das Geld für den teuren Flug. Und Luiz auch nicht."

Sie küsste Noah aufs Haar. „Tut mir leid", flüsterte sie ihm ins Ohr. „Und die WM musst du dir halt im Fernsehen anschauen, wie Milliarden andere Menschen auch."

Wieder sah Noah die Rakete in den Nachthimmel zischen. Mit dem Zettel daran und ihrem Versprechen.

Entschlossen blickte er seine Mutter an. „Nein, Mama", antwortete er ruhig. „Ich fahre zur WM und zu meinem Vater."

Sie lächelte traurig. „Ja, das wäre schön. Aber leider wird es wohl ein Traum bleiben."

KAPITEL 3

PICKELMAN GREIFT AN

Mit dem Ball am Fuß rannte Noah durch die Straßen. Seine Stollen gruben sich in das Eis.

In unzähligen Schneehaufen steckten abgebrannte Raketen. Und überall lagen die Hüllen von dicken Böllern herum.

Für Noah waren das alles Gegner, die ihm den Ball abluchsen wollten. Aber keiner kam an das Leder ran. Noah trickste sie aus, umtanzte wie ein Sambatänzer jedes Hindernis.

Ungeduldig sah er auf sein Handy. Noch immer viel zu früh, um irgendwo zu klingeln. Also musste er wohl alleine kicken.

Es dauerte nicht lange, das Dorf zu durchqueren. Fünf Minuten, dann erreichte Noah den Bauwagen.

Der größte der Schneemänner hielt noch immer die Flasche im Arm.

„Champagner gibt's nur für die Gewinner, mein

Freund", sagte Noah lachend. „Aber du bist in der Verlierermannschaft!"
Er zirkelte den Ball über die Köpfe der drei Schneemänner hinweg. Genau in den Winkel!
„1:0 für Deutschland!", jubelte Noah. Er rannte zur Eckfahne und warf sich auf die Knie.
Da erklang lautes Gegröle.
„Seht euch die kleine Pissnelke an!", brüllte jemand mit heiserer Stimme. „Macht noch in die Windeln, aber hält sich für Messi!"
Noah fuhr herum. Neben dem Bauwagen saßen vier Jugendliche auf dem Sofa. Sie waren mindestens fünf Jahre älter als er. Jeder hatte eine Dose Cola und Chips in der Hand.
Ja keine Furcht zeigen, schoss es Noah durch den Kopf, mutig sein wie auf dem Platz.

„Runter von unserem Sofa!", rief er. „Und legt die Plane wieder drauf!"
Ein Junge mit pickeligem Gesicht lachte dreckig. „Sofa? Wo ist denn hier ein Sofa? Das ist die Fankurve von unserem Stadion. Wir müssen doch Messi sehen."
Die anderen drei klatschten wie Paviane. „Messi! Messi! Messi!"
Noah stemmte die Hände in die Hüften. „So gut wie Messi bin ich nicht. Noch nicht! Aber in ein paar Jahren bin ich Nationalspieler. Und ihr Loser sitzt dann neidisch vorm Fernseher und jubelt mir zu."
Die vier standen auf.
Der Pickelige warf seine Coladose weg. „Willst wohl meine Faust schmecken, was?"

Noah schluckte. Vielleicht war er doch zu weit gegangen. Aber vom Bauwagen abzuhauen, wäre ihm wie der Verrat an einem Freund vorgekommen.
„Lasst uns die Sache wie Männer regeln", schlug er vor. „Wir spielen Fußball. Wer zuerst vier Tore reinhaut, darf hierbleiben. Die anderen müssen abdampfen."
Pickelman lachte. „Der hat echt einen an der Klatsche. Alleine gegen uns. Das schafft noch nicht mal der echte Messi."
Sein Kumpel, der eine ziemlich schiefe Nase hatte, nickte. „Wir spielen nämlich auch Fußball. Drüben, in Rohrbach. Aber im Verein, nicht auf so einer Buckelpiste wie du."
Noah zog das Handy aus der Tasche und tippte eine SMS an Eule.

Notfall! Heiz rüber zum Bauwagen. Bring Matti und Hardy mit. Hier sind vier Gentlemen, die gegen uns spielen wollen.

Pickelman und seine Kumpel hatten sich schon wieder aufs Sofa fallen lassen.
Zosch!, riss er eine weitere Coladose auf.
Als er sie geleert hatte, standen alle vier auf dem Platz: Noah, Matti, Eule und Hardy.

Freunde. Klassenkameraden. Unzertrennlich. Unschlagbar.
Eule betrachtete die älteren Jungen. „Capitano, die waren bei der Party meiner Schwester", flüsterte er. „Und die ganze Nacht lang wach. Die putzen wir vom Platz."
Matti lachte. „Die spielen wir auch in Grund und Boden, wenn *wir* die ganze Nacht lang wach waren."
Er wandte sich an die Großen. „Hey, Jungs, wie sieht's aus? Angst? Oder kommt ihr doch noch?"
Pickelman rülpste. Dann zerquetschte er die Dose mit einer Hand und hielt sie vor sich. „So seht ihr aus, wenn wir gleich mit euch fertig sind. Vier Tore, richtig?"
Noah nickte. „Vier Tore. Und die Verlierer zischen ab und lassen sich heute nicht mehr hier blicken."

KAPITEL 4

AUF DIE SOCKEN

„Sorry, mein Freund, aber du musst jetzt vom Feld." Noah kippte den Schneemann mit der Flasche um. Die Kugeln rollten zur Seite.
Hardy und Matti kümmerten sich um die anderen beiden frostigen Gegner.
„Kann's losgehen oder sollen wir uns wieder setzen?", maulte Schiefnase und spuckte auf den Boden.
Noah pöhlte den Ball in die Wolken. Er flog fast so hoch wie die Rakete letzte Nacht.
„Los geht's!"
Stolz drehte er sich zu seiner Mannschaft um.
Hardy stand im Tor. Die Augen zu

Schlitzen verengt. Dieser Torwart ließ keinen Ball durch.
Eule baute sich vor ihm auf. Auch wenn er schielte wie ein besoffener Iltis, an ihm kam niemand vorbei.
Matti, der Flankengott, stand halb rechts. Seine Pässe kamen immer an. Er konnte eine Briefmarke aus hundert Metern Entfernung treffen. Oder Noahs Fuß, kurz vor dem Tor. Noah musste dem Ball dann nur noch einen kleinen Stups geben.
Noah holte tief Luft. So war es zumindest, wenn sie gegen andere Neun- und Zehnjährige spielten. Pickelman und seine Gang waren immerhin einen ganzen Kopf größer als sie.
Na und?, machte sich Noah selbst Mut. Messi ist auch klein und er grillt sie alle! Außerdem hatten sie hier Heimvorteil. Und bei rutschigem Boden konnte sowieso niemand besser kicken als sie.
Mit einem *Bamm!* schlug der Ball wieder auf dem Platz auf. Direkt vor Eule.
Eule wollte ihn mit der Schuhspitze annehmen, aber Pickelman ließ ihm keine Zeit. Er rammte Eule sein Knie gegen den Oberschenkel.
Pferdekuss. Eule wankte.
Pickelman konnte die Kugel in aller Ruhe quer zu Schiefnase rüberpassen.

Matti eilte Eule zu Hilfe, rutschte aber an Schiefnase vorbei. Jetzt hatte der Typ nur noch Hardy vor sich.
Hardy kam aus dem Kasten gestürmt. Schien acht Arme zu haben wie ein Krake. So wild ruderte er hin und her.
Schiefnase holte zum Schuss aus.
Hardy warf sich ihm entgegen, aber Schiefnase schoss nicht. Er lupfte den Ball über den am Boden liegenden Hardy.
Zack! Es klingelte im Kasten. 1:0 für die Großen.
„Das ist ja noch leichter, als ich gedacht habe", grunzte der Typ im anderen Tor. „Kann ich mich schon mal wieder aufs Sofa setzen?"

Noah funkelte ihn grimmig an. „Wäre besser für deine Gesundheit!", rief er ihm zu. „Gleich fliegen dir nämlich die Bälle um die Ohren."
Anstoß. Noah passte zu Matti.
Schiefnase war jetzt schon hinter ihnen. Nur noch drei Gegner.
Matti umdribbelte Pickelman. Zog an ihm vorbei. Aber Pickelman grätschte Matti von hinten in die Beine.
Stöhnend rollte Matti durch den Schnee.
„Ball gespielt!", beteuerte Pickelman mit fiesem Grinsen und semmelte das Leder Richtung Hardy.
Bevor der Torwart ihn fangen konnte, segelte Schiefnase in die Flugbahn. Mit der Stirn erwischte er die Kugel optimal.
Pock! 2:0.
„Au, mein Bein brennt wie Feuer", stöhnte Eule. „Ich mach nicht mehr mit."
Matti nickte. „Meine Knochen jaulen auch. Lieber einen Tag zu Hause bleiben, als weiter eins auf die Socken kriegen."
Hardy verschränkte die Arme vor dem Oberkörper. „Die spielen unfair." Er legte Noah eine Hand auf die Schulter. „Hey, das hat doch keinen Sinn. Lass uns abhauen."
Noah schüttelte Hardys Hand ab. Er war kurz vorm

Platzen. „Der Rückstand schmerzt mich mehr, als es jeder Tritt könnte", schnaubte er. „Ich hab dieses Spiel vorgeschlagen. Wenn wir uns jetzt drücken, stehen wir wie Weicheier da."
Er nahm sich den Ball und klemmte ihn unter den Arm. „Es geht nicht mehr nur darum, wer heute hier abhängen darf. Dieses Spiel ist eine Frage der Ehre!"
Zu allem entschlossen ging Noah zum Anstoßkreis. Aufgeben? Niemals! Egal, ob seine Freunde mitzogen oder nicht. Er würde den Angebern jetzt zeigen, was in ihm steckte.
Voller Kraft rammte Noah den Ball auf den Punkt.
„Wir haben euch ein bisschen Vorsprung gegönnt, damit ihr nicht weinend zu euren Mamis rennt", tönte er. „Aber jetzt geht's richtig los!"
Schiefnase lachte. „Na, dann filme ich am besten alles mit meinem Handy. Euer Untergang wird auf YouTube der Renner."
Noah spürte, wie es in ihm brodelte. „Dem zeig ich's!", zischte er.
Matti schoss den Ball zu Noah.
Noah holte tief Luft. Dann startete er zu seinem gefürchteten Sturmlauf. Umdribbelte Schiefnase. Umkurvte Pickelman. Sprang über sein gestrecktes Bein. Hatte nur noch den grunzenden Torwart vor sich. Kein Problem für ihn.

Zack! Noah riss es von den Beinen. Der vierte Typ hatte sich mit voller Wucht gegen ihn geworfen.
In seinem Kopf drehte sich alles. Irgendwo weit entfernt hörte er die Großen jubeln.
„3:0! Nur noch eins und wir sind die kleinen Scheißer los."

KAPITEL 5

EINE FRAGE DER EHRE

„Komm, steh auf", hörte Noah Eule sagen. Dann wurde er von ihm und Matti wieder auf die Füße gehievt.

Noah versuchte einen Schritt. Er hatte Sternchen vor den Augen und jeder Knochen tat ihm weh. Aber noch mehr schmerzten ihn die hämischen Blicke der Großen.

Er biss die Zähne zusammen. Humpelte an ihnen vorbei.

„Wir hauen ab!", rief Hardy ihnen zu.

„Nein", knurrte Noah. „Wir machen euch Beine. Ihr habt hier nichts verloren."

Matti, Hardy und Eule warfen sich erstaunte Blicke zu.

„Du kannst kaum laufen und willst weiterspielen?", fragte Hardy.

Noah nickte. „Es geht um unsere Ehre. Lieber 0:4 verlieren, als mittendrin aufgeben."

Eule seufzte. „Hast ja Recht. Aber peinlich wird's trotzdem."
Noah sog tief Luft in die schmerzende Lunge. „Nicht, wenn wir endlich guten Fußball spielen! So wie sonst immer."
Er sah sich und seinen Vater im Stadion. Beim Endspiel der Fußball-WM in Brasilien. Ein hoch gestecktes Ziel. Dagegen müsste es doch ein Klacks sein, die vier miesen Kicker aus dem Nachbardorf zu schlagen. Er brauchte sich nur vorzustellen, es wären läppische Schneemänner.
Noah reckte das Kinn. Die Sternchen vor seinen Augen verschwanden.
„Vier Tore!", rief er seinen Freunden zu, den besten Fußballern der Welt. „So viele schießen wir sonst in zwei Minuten!" Er legte sich den Ball zurecht.
Schiefnase lachte. „Letzte Runde, was?"
Matti tippte die Kugel an.

Pickelman stürmte gleich auf sie zu.
Noah nahm Maß und haute den Ball quer über den Platz.
Der Grunzer versuchte zu springen. Aber es war sinnlos. Wie an der Schnur gezogen knallte der Ball an die Unterseite der Latte.
Wamm! Und von da hinter die Linie. 1:3.
„Megahammer!", johlte Matti und fiel Noah um den Hals. „Das macht dir keiner nach."
Pickelman stand mit offenem Mund da. Dann besann er sich. „Glückstreffer. Wild drauflosschießen kann jeder. Aber jetzt wird wieder Fußball gespielt."
Schiefnase und er schoben sich den Ball zu. Pickelman machte eine Körpertäuschung.

Aber Eule hatte aufgepasst. Geschickt spitzelte er ihm den Ball vom Fuß. Bevor ihn wieder ein Schlag oder Tritt treffen konnte, legte Eule quer zu Matti. Matti sprintete auf der Außenlinie entlang bis zur Eckfahne. Von da donnerte er die Kugel in die Mitte. Noah nahm mit der Brust an. Ließ den Ball abtropfen. Wich zwei Beinen aus und hämmerte das Ding am Torwart vorbei in die Maschen.
Zack! 2:3.
Eule jubelte.
Hardy im Kasten machte einen Freudensprung.
Wie auch immer das Spiel nun ausging, sie hatten sich nicht blamiert.
Aber Noah wollte mehr. In ihm loderte ein Feuer. Und das konnte nur durch einen Sieg gelöscht werden.
„Seht euch noch mal hier um", spottete er. „Die Buckelpiste, wie du sie genannt hast, gehört gleich wieder uns."
Pickelman schnaubte nur. Das Lachen war ihm gründlich vergangen.
Wieder Anstoß. Schiefnase passte zum Grunzer im Tor zurück.
Noah rannte hinterher, kam aber zu spät. Der Ball sauste über seinen Kopf hinweg Richtung Schiefnase. Der verlängerte mit der Stirn auf Pickelman.

Eule rutschte von der Seite herein. Keine Chance. Wie ein wütendes Nashorn stampfte der Angeber aufs Tor zu. Hatte jetzt nur noch Hardy vor sich.

Pickelman zog ab.

Hardy sprang. Machte sich lang wie eine Anakonda. Traf den Ball mit der linken Faust.

Die Kirsche landete genau vor Noahs Fuß.

Noah wollte den Grunzer tunneln. Da sah er aus dem Augenwinkel Matti herankommen. Er passte in die Mitte.

Matti, völlig frei, schob den Ball vom linken auf den rechten Fuß. Dann kickte er ihn ganz locker ins Tor.

„3:3!", jubelte er. „Vor lauter Staunen kommen die gar nicht mehr zum Foulen!"

Er, Eule und Noah klatschten sich ab.

„Noch ein Tor …", stachelte Noah seine Männer an. „Jetzt nicht übermütig werden. Konzentrieren!"

Schiefnases Kopf war puterrot. Vielleicht vor Wut. Vielleicht war er aber auch einfach nur zu viel gelaufen nach der schlaflosen Nacht.

Trotzdem gelang es ihm, Noah zu umkurven. Er schickte Pickelman steil.

Doch Eule war hellwach. Drosch das Leder weit nach vorne.

Noah köpfte zu Matti.

Matti schlug einen Haken um den Abwehrspieler.

Noah stand frei vor dem Tor.
Schon kam Schiefnase mit Riesenschritten näher.
„Hier!", brüllte Eule. Er hatte es ebenfalls nicht mehr in der eigenen Hälfte ausgehalten.
Matti spielte ihm zuckersüß in den Lauf.
Eule musste kaum ausholen. Traf den Ball astrein. Und es stand 4:3.
Die vier Freunde lagen sich in den Armen und jubelten.
„*Wir sind unschlagbar!*", sangen sie.
Da tippte ein Finger auf Noahs Schulter. Er gehörte zu Pickelman.
„Gratuliere", brummte er. „Ihr Jungs seid echt nicht schlecht. Aber ihr braucht einen Trainer. Und 'nen richtigen Platz. Warum kommt ihr nicht in unseren Verein? Die E-Jugend kann immer Verstärkung gebrauchen."

KAPITEL 6

FAHRPROBLEME

Eule, Noah, Matti und Hardy hockten auf ihrem zurückeroberten Sofa. Die Schals fest um den Hals gewickelt. Sogar Matti hatte sich eine lange Hose drübergezogen.

Es schneite auf ihre Haare. Aber das war allen egal.

„Ich sag ja immer, wir müssen in einen richtigen Verein eintreten", begann Noah.

Hardy winkte ab. „Das haben wir doch schon tausendmal durchgekaut. Der Weg nach Rohrbach ist zu weit. Zehn Kilometer mit dem Fahrrad packt nicht mal Eule hin und zurück. Und keiner unserer Eltern will Taxifahrer spielen."

Eule seufzte. „Und in diesem Kaff hier gibt's nun mal zu wenig fußballverrückte Jungs für einen eigenen Verein."

„Deshalb ist ein Genie wie ich ja auch gezwungen, mit Pfeifen wie euch abzuhängen", witzelte Matti.

Baff! Baff! Baff!, hatten ihm die anderen drei ihre Handschuhe über den Schädel gezogen.
„Ich frag noch mal meine Mutter", sagte Noah. „Vielleicht fährt sie uns ja doch."
Eule schüttelte den Kopf. „Ich hab die Trainingszeiten schon längst gecheckt. Wenn das Training losgeht, muss deine Mutter noch arbeiten."
Noah fing eine Schneeflocke mit der Zunge auf. „Und deine Eltern?"
Eule verzog das Gesicht. „Die fahren meine Schwester schon dreimal die Woche zum Hip-Hop-Tanzen." Er polierte seine Brille. „Wenn die sich nur halb so viel um mich kümmern würden …"
Jetzt meldete sich auch Hardy zu Wort. „Und meine Alten kannst du vergessen. Von Fußball halten die überhaupt nichts. Ständig liegen sie mir in den Ohren, ich soll lieber Schach spielen. Weil man sich da nicht verletzen kann."
Noah lachte. Eine Flocke war direkt auf seiner Nasenspitze gelandet. Langsam wurde ihm kalt.
„Lasst uns reingehen", schlug er vor. „Den Ofen mal wieder ordentlich einheizen."
Die vier Freunde standen auf. Hardy deckte die Plane über das Sofa. Dann verschwanden sie im Bauwagen.
Richtig gemütlich hatten sie es sich hier drin ge-

macht. Ein Tisch, eine Bank, zwei Stühle. An den Wänden hingen Fußballposter.
Auf einem Regalbrett stand sogar ein alter Pokal, in den Noah in der ersten Klasse *Schämpions Liek* geritzt hatte. War eben drei Jahre her.
Bei dem Wetter war aber etwas anderes viel wertvoller: der Ofen.
Noah öffnete die Klappe und schichtete ein paar Holzstückchen auf. Wie ein Zelt. Darunter stopfte er zerknülltes Zeitungspapier.
Als er gerade eine weitere Zeitungsseite zerreißen wollte, blieben seine Augen an dem Text hängen.
Er sprang auf und legte die Seite auf den Tisch, strich sie mit beiden Händen glatt. Fassungslos lasen alle den Artikel, auf den Noahs Finger tippte.

Neue Buslinie

Ab dem 1. Januar 2014 verbindet der Bus 35 Rohrbach mit den angrenzenden Dörfern. Die Rundlinie verkehrt sechsmal am Tag.

Unter dem Artikel stand eine Tabelle mit den Fahrzeiten.
Noah sah sich die Zeiten an. Dann seine Freunde. Schließlich begann er schallend zu lachen.
„Sind wir Glückskinder oder sind wir keine?“, grölte

er. „Ich hab doch gesagt: 2014 wird unser Jahr. Unsere Träume werden wahr. Der neue Bus ist erst der Anfang."

Eule beugte sich über die Zeiten. „Es klappt tatsächlich. Wir kommen nachmittags hin und abends wieder zurück."

Matti hielt die Hand hoch. Sie klatschten sich ab. Feierlich nahm er das Zeitungsblatt vom Tisch. „Das kommt an die Wand zu unseren Postern. Als Beweis für das erste Wunder im neuen Jahr."

Noah rieb ein Loch in die beschlagene Fensterscheibe und blickte in den Himmel. Ihm war, als würde ihre Silvesterrakete noch immer Funken sprühen.
„Wer weiß, Leute“, sagte er hoffnungsvoll, „vielleicht schaffen wir's am Ende ja tatsächlich zur WM nach Brasilien.“

KAPITEL 7

ZEITTOTSCHLÄGER

Noch nie hatten Eule, Noah, Matti und Hardy das Ende der Ferien so sehr herbeigesehnt wie jetzt. Die Zeit bis zum ersten Training totzuschlagen, brachte alle an den Rand des Wahnsinns.

Der Sekundenzeiger schien für jede Bewegung fünf Minuten zu brauchen. Ihnen war, als würde die Kirchturmglocke nur alle zehn Stunden schlagen. Und die Zeit zwischen Aufstehen und Abendbrot kam ihnen so lang vor wie drei Jahre. Mindestens.

Zu allem Übel herrschte auch in der Bundesliga Winterpause. Sie konnten also nicht den halben Samstag vor dem Fernseher verbringen und mitfiebern. Und alle Sendungen mit den tollsten

Toren des Jahres 2013 hatten sie sich schon fünfmal angeschaut.
Am schnellsten vergingen die Tage noch beim Kicken. Klar. Aber irgendwie waren sie nur noch halbherzig bei der Sache.
Hardy hatte keine Lust, sich ständig in den Schnee zu schmeißen, und ließ viel zu viele Bälle durch.
Eule sparte sich oft die Puste. Er jagte dem Ball nicht mehr nach, sondern wartete, bis er angespielt wurde.
Matti zeigte nur selten seine Zuckerpässe.
Und Noah traf kaum noch den Kasten. Zu viel ging ihm durch den Kopf. Er freute sich wahnsinnig auf das Training beim SC Rohrbach. In einem richtigen Verein. Morgen, Montag, war es endlich so weit.
„Zwei gegen zwei schockt nicht mehr", fand Eule und stellte seinen Fuß auf den Ball. „Das Spiel gegen die Großen war der Wahnsinn, da ging's wenigstens mal um was."
Matti nickte. „Ich hab mich wie ein richtiger Fußballer gefühlt. Wie im Finale der Champions League!"
Noah ging auf seine beiden Gegner zu. „Bald werden wir jeden Samstag richtige Spiele haben. Pokale in die Luft stemmen. Turniere gewinnen."
Noah fixierte den Ball unter Eules Fuß. Er musste ihn haben. Es ging nicht anders. Schließlich stand

es 6:7. Hardy und er mussten aufholen. Unvermittelt trat Noah gegen die Kugel.

Eule fiel beinahe um, fand aber schnell wieder das Gleichgewicht.

Noah war schon um ihn herumgelaufen, doch Eule drängte ihn mit fairem Körpereinsatz zur Seite.

Eule gegen Noah. Abwehr gegen Angriff.

Noah spitzelte den Ball zur Seite.

Eule schlug einen Haken, kam aber nicht dran.

Noah nahm den Ball mit dem Außenrist, gab ihm gerade genug Schwung, um eine Körperdrehung anzutäuschen.

Prompt lief Eule in die falsche Richtung.

Noah machte noch einen Übersteiger und schoss das Leder Richtung Tor.

Doch das alles hatte zu lange gedauert. Matti war längst zurückgeeilt. Als letzter Mann durfte er den Ball in die Hand nehmen. Mit einer Glanzparade lenkte er den Schuss um den Pfosten.

Noah war eine Sekunde lang verblüfft. Dann klatschte er Beifall. „Respekt! Wenn's mit dem

Mittelfeld mal nicht mehr klappt, gehst du eben in den Kasten."

Hardy grölte vom anderen Tor aus. „Mach mich ja nicht arbeitslos!"

Als Eule nach Hause musste, warf Noah die Flutlichtanlage an.

Matti, Hardy und er übten noch eine Weile Freistöße. Dann musste auch Hardy abhauen. Seine Eltern hatten schon dreimal angerufen.

Schließlich war Noah alleine auf dem Platz. Seine

Mutter arbeitete als Pflegerin im Altenheim. Oft auch sonntags, wie heute. Es würde noch über eine Stunde dauern, bis sie nach Hause kam.
Zeit für Noahs Lieblingsspiel. Er legte sich den Ball zwanzig Meter vom Tor entfernt zurecht. Wenn er traf, ging er für den nächsten Schuss einen Schritt weiter zurück. Wenn er vorbeischoss, blieb er stehen. So lange, bis er den Ball aus dieser Position im Kasten versenkte.
Noah hatte das Gefühl, dieses Training könnte irgendwann noch mal für ihn nützlich sein.

KAPITEL 8

EINE BESONDERE STÄRKE

Der Montag nach den Ferien startete mit Sklavenarbeit.
Ihr Klassenlehrer, Doktor Knesebrecht, wollte einen Aufsatz haben. Thema: *Mein schönster Ferientag.* Mindestens drei Seiten.
„Ihr quatscht ja sowieso nur über die Ferien", sagte Knesebrecht. „Da ist es besser, ihr schreibt alles auf und lest es der ganzen Klasse vor."
Matti meldete sich. „Dürfen wir auch einen Comic malen?"
Knesebrecht schüttelte den Kopf. „Zeichnen tust du doch schon wie ein Profi. Aber bei der Rechtschreibung kann dir ein bisschen Übung nicht schaden."
Murrend machte sich Matti an die Arbeit.
Eule schwitzte sichtlich. Hardy versuchte die ganze Zeit, bei ihm abzuschreiben. Kein Wunder: Schließlich war er bei Eules schönstem Tag garantiert dabei gewesen.

Für Noah war die Sache von Anfang an klar: Das tollste Ferienerlebnis war eindeutig das Spiel gegen Pickelman und Schiefnase gewesen. Das Match ging auf jeden Fall in die Geschichte ein.

Als Noah ein paar Stunden später nach Hause kam, schlang er das Mittagessen nur so herunter. Dann zog er seinen Trainingsanzug und die Stollenschuhe an und wartete.

Um zehn vor drei ging er zur Bushaltestelle. Dreißig Minuten zu früh.

Auch Eule und Hardy warteten schon in dem Häuschen.

Nur Matti kam wie immer auf den letzten Drücker.

Im Bus hockten lauter alte Frauen. Hinten knutschte ein Pärchen.

Die Freunde setzten sich auf einen Viererplatz. Keiner sagte ein Wort. Alle waren von den Haar- bis zu den Zehenspitzen angespannt.

Matti brach schließlich das Schweigen. „Heute ist ein großer Tag für Deutschland", sagte er mit unverkennbarem Stolz. „Die künftigen Nationalspieler Hardy, Noah, Matti und Eule treten einem Fußballverein bei."
Hardy lachte. „Steht dann bei ihm auch *Eule* auf dem Trikot? In der Nationalmannschaft?"
Alle prusteten los.
In Rohrbach hielt der Bus direkt an den Sportplätzen. Das Spielfeld war einen Meter hoch mit Schnee bedeckt.
„Vielleicht ist der Platzwart krank", vermutete Eule.
Da näherte sich ihnen ein Junge mit Sporttasche.
Gerade als Noah ihn ansprechen wollte, verschwand er in der Halle.
Neugierig gingen die vier Freunde hinterher. Etwa fünfzehn Jungen in ihrem Alter verließen gerade die Umkleidekabine. Alle im gleichen Trikot.
Noah staunte nicht schlecht. Mann, waren die stolz auf sich. Die zogen sogar im Training ihre Trikots an.
In der Halle ertönten Pfiffe einer Trillerpfeife.
Noah steckte den Kopf durch die Tür.
Die Jungs rannten im Kreis durch die Halle.

„Ich fass es nicht!", platzte Hardy heraus.
„Die Weicheier spielen drinnen!"

Noah sah an sich herunter. Wie die anderen auch hatte er Stollenschuhe an. Damit würden sie den Boden ruinieren.

„Dann spielen wir eben in Socken", beschloss er, warf seine Schuhe in die Ecke und ging auf den Mann mit der Pfeife zu.

„Sind Sie hier der Trainer?", fragte er.

Der Mann sah ihn genervt an.

„Nein, ich spiele Pfeife in einem Orchester. Die Geiger und Trompeter kommen auch gleich."

Noah tat, als würde er die Bemerkung witzig finden. „Wir würden gerne bei Ihnen in der Mannschaft mitspielen. Das sind Hardy, Matti und Eule, äh, ich meine Simon. Ich bin der Kapitän und heiße Noah."

Der Mann schnaubte. „So, so, der Kapitän. Von welchem Schiff denn?"

Seine Mannschaft war stehen geblieben und lachte. Noah merkte, dass er rot wurde. So hatte er sich seinen ersten Tag im Verein nicht vorgestellt.

„Verarschen kann ich mich selbst!", rief er trotzig. „Ist das hier ein Sportverein oder eine Comedy-Show?"

Der Trainer schnaufte. „Okay, Jungs, dann mal zum Mitschreiben. Es ist mitten in der Saison und mein

Team ist komplett. Kommt nach den Sommerferien wieder. Da sehe ich mir gerne an, was ihr draufhabt."
Eule zupfte Noah an der Jacke. „Komm, Capitano, wir gehen, hat doch keinen Zweck."
Matti nickte. „Die haben so gute Leute wie uns gar nicht verdient."
Aber Noah biss die Zähne zusammen. So leicht wollte er sich seinen Traum nicht kaputt machen lassen.
„Trainer, ich habe eine besondere Stärke: Ich gebe nie, nie, nie auf. Und ich will jetzt ein Probetraining, nicht erst im Sommer."
Er schnappte sich einen Ball. „Wenn ich den von der Eckfahne aus ins Tor treffe, kommen wir am Donnerstag mit Hallenschuhen wieder. Wenn nicht, können Sie uns zum Teufel jagen. Abgemacht?"
Noah hielt dem Trainer die Hand hin.
Der Mann dachte einen Moment lang nach. Dann lächelte er und schlug ein. „Ich heiße Christian Wenzel. Dein Mut und deine Entschlossenheit gefallen mir, Cowboy. Die Wette gilt. Lass sehen."
Noah musste von der Mittellinie bis zur Eckfahne gehen. Es war ein verdammt langer Weg. Sein Herz hämmerte.
Nicht nur sein eigenes Schicksal lag jetzt in seiner Hand. Auch Matti, Hardy und Eule konnte er mit

einem Schuss in den Verein bringen. Oder zurück auf die Wiese.
Er legte den Ball auf den Boden. Ging zwei Schritte zurück. Atmete tief durch.
Tausendmal hatte er auf die Entfernung schon getroffen. Aber nie war es so wichtig gewesen wie heute.
Er nahm einen weiteren Schritt Anlauf. Lief los. Und traf den Ball perfekt.
Im weiten Bogen schoss das Leder durch die Halle. Dann krachte der Ball gegen den Innenpfosten. *Womm!* Und von da ins Netz.
Wortlos wandte sich Noah ab und ging auf die Kabine zu.
Seine Freunde folgten ihm.
In der Tür sah er sich noch einmal um und rief der erstaunten Truppe zu: „Also bis Donnerstag!"
Dann verließ er die Halle.

KAPITEL 9
PROBETRAINING

Am Donnerstag fuhren alle mit noch größerem Respekt nach Rohrbach. Diesmal aber mit Hallenschuhen.

„Der Trainer war ja nicht gerade freundlich", murrte Eule.

Noah winkte ab. „Wenn der sieht, was wir für überragende Fußballer sind, kommt der auf Knien angerutscht."

Matti rollte mit den Augen. „Genau. Und bietet uns gleich einen Vertrag bis 2035 an."

Lachend betraten die vier Freunde die Kabine.

„Tach zusammen", grüßte Hardy.

Aber keiner der Spieler grüßte zurück.

Jedes Gespräch verstummte. Die meisten banden sich noch schnell die Schuhe zu und eilten in die Halle.

„Dann eben nicht", knurrte Hardy.

Noah beobachtete, wie Hardy verschämt seine Win-

terhandschuhe betrachtete, die er bei all ihren Spielen trug.
Richtige Torwarthandschuhe besaß er nicht, obwohl er sie sich auch dieses Jahr wieder zu Weihnachten gewünscht hatte. Stattdessen hatte unter dem Tannenbaum ein Schachspiel aus Holz gestanden.
Als der Trainer pfiff, schoben sich Eule, Matti, Hardy und Noah in die Halle.
Trainer Wenzel nickte ihnen zur Begrüßung kurz zu.
„Warmlaufen!", befahl er.
Alle setzten sich sofort in Bewegung. Matti rannte leichtfüßig vorneweg, aber Eule schnaufte schon nach zwei Minuten.
Noah dachte bereits, sein Freund würde gleich zusammenbrechen, da rief der Trainer endlich: „Genug für heute! Wir haben vier Gäste bei uns. Das sind Hardy, Matti und Eule, äh, ich meine Simon. Und unser Kunstschütze Noah."
Einige grinsten.
„Ob die was können oder nur Großmäuler sind, kann ich am besten bei einem Spiel beurteilen." Er zeigte auf einen langen Kerl mit braunen Haaren. „Yannick, such dir sieben Jungs aus. Der Rest spielt mit den Neuen. Und gib dem neuen Torwart vernünftige Handschuhe."

Yannick klatschte ein paar seiner Mitspieler ab. Die Übrigen blieben stehen. Sichtlich enttäuscht.
Noah winkte sie zu sich. „Ihr seid also die Gurken des Vereins, ja? Jedenfalls scheint Yannick das zu denken. Wenn er euch gut finden würde, hätte er euch ja wohl ausgewählt."
Noah sah den Fremden in die Augen. Wenn Blicke töten könnten, wäre er sofort umgefallen.
„Ich hingegen denke, ihr werdet Yannick gleich zeigen, dass er Unrecht hat", fuhr Noah fort. „Wir werden den Typen und sein Team auseinanderschrauben. Wie ein rostiges Auto."
Matti lächelte in die Runde. „Dem wird Hören und Sehen vergehen – wenn ihr mitzieht."
Die neuen Mannschaftskameraden nickten. In ihren Augen blitzte es immer noch. Aber jetzt war es reine Kampfeslust.
Noah hatte sie mit seiner kleinen Rede aufgeweckt. Und so auf seine Seite gezogen. Sie würden sich gleich den Allerwertesten aufreißen, um das Spiel zu gewinnen.
Wie auch Hardy, Eule, Matti und er selbst. Sie wollten schließlich in diesen Verein. Und kein Yannick der Welt würde sie daran hindern.
Der Trainer pfiff das Spiel an.
Noah stürmte los, wurde aber auf der linken Seite

abgefangen. Die Flanke landete bei dem Jungen vor Matti.
Matti grätschte fair und traf den Ball. Ein Gegenspieler erwischte ihn noch und passte an der Seitenlinie entlang. Direkt auf Eule zu.
Eule wirkte schrecklich nervös. Seine Knie zitterten. Eigentlich war dieser Ball kein Problem für einen erfahrenen Abwehrspieler wie ihn. Aber normalerweise beobachtete ja auch kein Fachmann jeden seiner Schritte.
Während Eule noch zögerte, rollte der Ball an ihm vorbei.
Hinter seinem Rücken sprintete Yannick in die Gasse und zog ab.
Hardy flog durch den Strafraum und faustete den Ball mit einer Hand ins Aus.

Der Trainer zeigte auf Hardy und hob den Daumen.
Noah fluchte innerlich. So was passierte Eule doch sonst nie! Zum Glück hatte Hardy den Schuss astrein abgewehrt.
Hardy grinste stolz. Zu Recht, wie Noah fand. Mit den richtigen Handschuhen schien er sogar noch besser zu sein als sonst.
Der Einwurf segelte jedoch wieder in die gefährliche Zone.
Warum stieg Eule nicht zum Kopfball hoch?
Einer der Vereinsspieler spitzelte den Ball noch vor dem Stürmer zur Seite. Direkt auf Mattis Fuß.
Matti ging zwei Schritte, tanzte zwei Gegenspieler aus. Zog das Tempo an. Umkurvte Yannick und flankte in die Mitte.
Noah war zur Stelle. Nahm die Kugel mit dem Oberkörper an. Ließ sie abtropfen und jagte sie ins Netz. 1:0!
Nach kurzem Jubel lief Noah zu dem fremden Jungen, der den Ball zu Matti gespielt hatte.
„Super Spielaufbau!", lobte er.
Der andere strahlte. Sie klatschten sich ab.
Nach sechzig Minuten stand es 6:7.
Noahs Mannschaft hatte knapp verloren, aber alles gegeben. Völlig ausgepumpt warfen sich die Spieler auf den Hallenboden.

Doch als Christian Wenzel zu ihnen in den Mittelkreis kam, standen sie wieder auf.
„Ich bin nur ein guter Trainer, wenn ich euch ehrlich sage, was ich denke", begann er. „Ihr drei habt mich überzeugt." Er zeigte auf Noah, Matti und Hardy. „Wenn ihr wollt, könnt ihr sofort in den Verein eintreten."
Dann sah er Eule an und legte ihm eine Hand auf die Schulter. „Nimm's mir nicht krumm, aber du bist eine Katastrophe."
Yannick lachte. „Genau. Der steht nur rum! Da kann ich auch einen Kartoffelsack in die Abwehr stellen."
Noah sah, dass Eule Tränen in die Augen schossen.
„Das war doch nur, weil …", stammelte Eule hilflos.
Da stellte sich Noah neben ihn und sagte voller Überzeugung: „Eule ist der beste Verteidiger der Welt. Das schwöre ich."
„Der war nur aufgeregt", fügte Matti hinzu.
Und Hardy forderte: „Alle oder keiner."
Christian Wenzel schüttelte den Kopf. „Dann keiner."

KAPITEL 10

ALLE ODER KEINER

Auf der Rückfahrt im Bus fluchten die vier Freunde lauthals.
Bis sich ein alter Mann nach ihnen umdrehte und fragte: „Kennt ihr denn keine schönen Ausdrücke?"
Hardy schlug vor Wut auf die Polster. *„Nimm's mir nicht krumm, aber du bist eine Katastrophe.* – Was für 'ne Frechheit!"
Matti nickte. „Und in so einen Verein wollten wir eintreten!"
Noah starrte aus dem Fenster. Eigentlich wollte er das immer noch. Er wollte einen Trainer, ein Trikot und richtige Spiele. Aber alle anderen Vereine waren noch viel weiter weg. Und zu denen fuhr kein Bus.
„Hättest dir ja nicht gleich in die Hose machen müssen, nur weil einer zusieht", murmelte er.
Matti, Hardy und Eule starrten ihn an.
„Meinst du das ernst, Capitano?", stotterte Eule. Vor Aufregung schielte er noch schlimmer als sonst.

„Na, was hatte der Trainer denn für eine Wahl?", antwortete Noah kleinlaut. „Du hast jeden Gegner durchgelassen. Kaum einen vernünftigen Pass gespielt. Einfach nicht gezeigt, was du für eine Bombe bist."

Eule sackte in sich zusammen. „Und deshalb darf er mich vor der ganzen Mannschaft beleidigen?"

Noah schüttelte den Kopf. „Niemand darf meinen Freunden wehtun." Er nahm Eule in den Schwitzkasten und lachte. „Außer mir."

Eule versuchte, sich aus dem Griff zu befreien. Aber Noah hielt stand.

Der Kampf war halb Spaß, halb Ernst. Noah hatte Eule verletzt. Und Eule hatte Noah mit seiner Angst den Tag verdorben. Dafür musste er zahlen.

Eule packte Noah an den Beinen und hievte ihn sich auf den Rücken.

Schnaufend fragte Eule: „Wer ist hier der Kartoffelsack? Gibst du auf?"

„Niemals!", brüllte Noah.

Der Bus hielt mit einem Ruck und Eule verlor das Gleichgewicht. Er stolperte und fiel hin. *Wumms!*

Noah und er rollten durch den Bus.

„Endstation für euch", schimpfte der Fahrer in sein Mikro. „Von hier aus könnt ihr zu Fuß nach Hause laufen."

Noah, Hardy, Eule und Matti mussten aussteigen. Erst knufften sie sich noch eine Weile. Den letzten Kilometer aber stapften sie Arm in Arm durch den Schnee.

„Uns gibt's nur im Viererpack!", schmetterte Hardy.

„Genau!", bestätigte Matti. „Uns kann niemand trennen. Kein Hagelsturm, kein Busfahrer und erst recht kein Trainer!"

Zu Hause angekommen, warf Noah seine Sporttasche in die Ecke.

In der Küche stand ein großer Topf auf dem Herd.

„Hmm, riecht gut. Was gibt's denn?"

Seine Mutter kam aus dem Wohnzimmer und zerwühlte Noah die Haare. „Einen Anruf."

Noah leckte sich die Lippen. „Lecker. Und von wem?"

Seine Mutter lächelte stolz. „Von deinem Fußballtrainer. Du sollst ihn sofort zurückrufen. Es sei dringend. Du musst ja echt Eindruck auf ihn gemacht haben."

Noah starrte auf den Zettel, den sie ihm hingelegt hatte. Die Zahlen tanzten vor seinen Augen.

Was wollte Christian Wenzel von ihm? Es gab nur eine Möglichkeit, das herauszufinden.

Wie unter Hypnose drückte Noah die Tasten. Es tutete. Mindestens eine Million Mal. Dann meldete sich eine helle Stimme.

„Yannick."

Noah musste schlucken. Yannick, der Typ mit der großen Klappe! Das musste der Lieblingsspieler des Trainers sein. Wenn der bei ihm zu Hause sogar ans Telefon ging.

„Hier ist … Hier ist Noah", stammelte er. „Der Trainer wollte mich sprechen."

Yannick lachte. „Ja, der Trainer. Ich gebe ihn dir mal." Dann brüllte er: „Papa, Telefon für dich!"

Es dauerte eine Ewigkeit, bis Noah es kapierte: Yannick war Wenzels Sohn!

„Hi, hier ist Christian", klang es aus dem Hörer. „Toll, dass du zurückrufst. Ich komme auch gleich zur Sache. Noah, du bist echt ein Supertalent. Dich kann ich brauchen. Und zwar sofort. In zehn Tagen ist das Endspiel der Hallenmeisterschaft." Er lachte ins Telefon. „Schon mal einen Pokal hochgehoben? Kannst du übernächsten Sonntag tun. Wenn du bis dahin mit uns trainierst, bist du dabei."

Noah schnappte nach Luft. „Im Ernst?" Er fühlte sich plötzlich leicht wie ein Luftballon.

„Wenn's um Fußball geht, verstehe ich keinen Spaß", schnaubte Wenzel. „Also, wie sieht's aus?"

Noah schluckte. „Und die anderen? Eule war schrecklich aufgeregt, der kann eigentlich ..."

„Du hast meine Meinung gehört", unterbrach ihn der Trainer. „Euch drei kann ich gut gebrauchen, aber Eule ist zu weit zurück. Der stört uns im Moment bloß. Im Sommer vielleicht ... Aber nur, wenn du jetzt zusagst."

Noah holte tief Luft. Einmal. Zweimal. Das Blut rauschte in seinen Ohren.

„Gut", hörte er sich dann selber sprechen. „Am Montag bin ich da."

KAPITEL 11

DER VERRAT

Am nächsten Tag trödelte Noah nach dem Mittagessen ewig herum. Machte freiwillig sofort Hausaufgaben. Spülte sogar sein Geschirr ab. Irgendwann fand er aber nichts mehr zu tun.
Er zog seine Stollenschuhe an und trottete zur Fußballwiese. Viel zu spät. Mit einer Flasche Limo. Und mit ziemlich schlechtem Gewissen. Er hatte Angst, die anderen könnten ihm den Verrat von der Nase ablesen.
Dabei habe ich sie gar nicht verraten, dachte er. Ich hab's ja echt versucht. Aber der Trainer wollte Eule eben nicht.
Im Bauwagen war es bereits mollig warm.
Hardy, Matti und Eule saßen gelangweilt am Tisch, die Schulhefte vor sich.
„Wo bleibst du denn?", schimpfte Hardy. „Wir haben sogar schon Mathe gemacht. Dabei ist bestes Fußballwetter."

Matti lachte. „Für dich ist doch immer bestes Fußballwetter. Selbst wenn der Platz fünf Meter hoch überschwemmt ist."
Eule rückte seine Brille gerade. „Der Trainer hatte echt 'nen Knall", murmelte er. Er klang noch immer verletzt.
Noah fühlte Wut in sich aufsteigen. Wut auf sich selbst, weil er zugesagt hatte. Aber auch Wut auf Eule, weil der sich gestern kein bisschen angestrengt hatte. Der hatte ihn doch erst in diese doofe Lage gebracht.
„Los, wir spielen!", schlug Hardy vor. „Zwei gegen zwei."
Hardy, Matti und Eule stürmten nach draußen.
Noah sah ihnen hinterher. Alles hier kam ihm plötzlich so klein und schäbig vor. Die schiefen Tore, der buckelige Platz, das Sofa unter der Plane.
Für kleine Jungs war das gut genug. Die nur ein bisschen rumkicken wollten.
Aber wer Profifußballer werden wollte, musste in einen Verein. So wie er.
„Ich und Hardy gegen Eule und Matti!", rief Noah und sprang auf den Platz.
In knapp zwei Wochen würde er zum ersten Mal in einem Endspiel stehen. Professionell Fußball spielen. Um einen Pokal.

Er holte tief Luft. Ein bisschen zusätzliche Übung konnte nicht schaden.
Hardy machte einen super Abschlag. Genau in Noahs Lauf.
Noah schob den Ball gekonnt an Matti vorbei. Matti folgte ihm, aber Noah drängte ihn weg.
Eule kam aus dem Tor auf ihn zu. Ging einfach nicht zur Seite. Luchste ihm dann auch noch geschickt den Ball ab.
Eule lief ein paar Schritte und passte zu Matti.
Hardy eilte aus dem Kasten. Aber Matti legte genau im richtigen Augenblick quer.
Eule musste nur noch einschieben.
„1:0 für die Besten der Besten!", jubelte Eule. Er und Matti klatschten sich ab.
Noah biss die Zähne zusammen, bis es wehtat. Er konnte Eules Anblick heute nicht ertragen.
Vom Mittelkreis aus stürmte er mit Hardy auf den Kasten zu.
Noah wollte das Tor. Unbedingt. Der Ausgleich war ihm wichtiger als alles andere. Aber er stolperte über die Reste einer Silvester-Rakete.
Der Ball hopste lachhaft über den Platz.
Eule hob ihn über Hardy hinweg.
Matti sprintete in die Lücke und drosch den Ball ins Tor.

„2:0. Warum sieht uns der Trainer jetzt nicht zu?", rief Eule.
„Dann hätte er wegen Foulspiels abgepfiffen", knurrte Noah.
„Wieso?", fragte Matti. „Weil du gestolpert bist?"
Hardy und Eule lachten.
Der Ärger in Noahs Bauch wuchs zu einem dicken Klumpen an. Der ließ sich nicht ausspucken. Den musste er zum Platzen bringen – mit Toren. Als Rache für die dummen Sprüche.

Anstoß. Hardy auf Noah.

Noah nahm sich den Ball und ging langsam auf Matti zu. Plante einen Überraschungsangriff.

Drei Schritte vor ihm blieb Matti stehen.

Noah machte einen Übersteiger. Tat so, als würde er nach links schießen. Ließ die Kugel aber vom linken Fuß wieder nach rechts springen. Dann rammte er Matti mit der Schulter aus dem Weg.

„Ey!", beschwerte sich Matti. „Foul!"

„Wieso?", spottete Noah. „Weil du gestolpert bist?"

Er rannte auf Eule zu.

Eule stellte sich ihm in den Weg.

Noah dribbelte sich fest. Immer war einer von Eules Füßen in der Schusslinie.

Irgendwann packte er Eule an der Schulter und schubste ihn zur Seite.

Eule ging zu Boden.

Jetzt war der Weg frei. Vor der Torlinie blieb Noah stehen. Lupfte den Ball und nickte ihn mit der Stirn in den Kasten.
Er breitete die Arme aus. Wie ein Flugzeug segelte er kreuz und quer über den Platz.
„Toooooor!“, brüllte er. Rannte auf Hardy zu, um sich abklatschen zu lassen. Aber sein Torwart wandte sich ab.
„Was ist denn mit dir los?“, rief Noah. „Hast du einen an der Klatsche?“
Schweigend joggte Hardy rüber zu Eule und half ihm auf die Beine.
Matti tippte sich an den Kopf.
Noah war schockiert. Seine Freunde waren plötzlich so weit von ihm entfernt. Und alle waren sauer auf ihn. Ob sie doch etwas von dem Telefonat wussten?
„Entschuldigung“, murmelte Noah.
Dann rannte er nach Hause, ohne sich auch nur einmal umzudrehen.

KAPITEL 12

EIN GROSSER NAME

Am Wochenende ließ sich Noah auf der Wiese nicht einmal blicken. Er war froh, Hardy, Matti und Eule nicht sehen zu müssen.

Es klingelte tausendmal an der Tür. Aber Noah bat seine Mutter, nicht aufzumachen. Er ging auch nicht ans Handy. Außer als eine SMS von seinem Vater kam.

Hey, Großer! Würde dich auch gerne im Sommer sehen. Hatte etwas Geld für deinen Flug gespart. Aber dann ist meine Waschmaschine kaputtgegangen. Bin stolz, dein Vater zu sein. Luiz

Noah lag mit seinem Buch *Deutschlands größte Talente* auf dem Bett und kämpfte gegen die Tränen an. Trotzdem rollte ihm eine über die Wange. Er vermisste seinen Vater ganz schrecklich.

„Warum bist du ausgerechnet ans andere Ende der

Welt gezogen?", fluchte er lautstark. „Konnte es nicht auch das Nachbarhaus sein?"
Dann könnte er seinen Vater jetzt um Rat fragen. War es in Ordnung, nur an sich zu denken? Die Freunde anzulügen?
Seine Mutter verstand nicht, worum es ihm eigentlich ging. Wie wichtig es war, in einem Verein zu sein. Die Chance zu haben, einen Pokal zu gewinnen. Wie groß und unbesiegbar man sich dann fühlte.
So was verstanden Männer viel besser. Vor allem Brasilianer.
Trotzdem musste er dem Trainer absagen. Seine Freunde waren wichtiger. Oder doch nicht?
Noah wollte seinem Vater antworten, aber ihm fiel nichts Passendes ein. Also las er weiter in seinem Fußballbuch.
Wahnsinn, wie jung Mario Götze gewesen war, als er das erste Mal in der Bundesliga spielte. Nur acht Jahre älter als er.
Plötzlich verschlug es Noah den Atem. Den Mann, der ihn von der nächsten Seite aus ansah, kannte er!
Er rieb sich die Augen. Der kurze Bart, die blauen, klaren Augen. Zwar

lag darin noch kein spöttischer Blick, aber das war doch …

Noah las den Namen unter dem Foto. Sein Magen zog sich zusammen. Tatsächlich: Es war Christian Wenzel – sein Trainer!

Mit glühenden Wangen überflog Noah den Text.

Christian Wenzel

Seine Laufbahn begann in Rohrbach, in einem kleinen Dorfverein. Dann ein Jahr Dritte Liga. Drei Jahre Zweite Liga. Dort fast Torschützenkönig. Der FC Bayern wird auf das Riesentalent aufmerksam, bietet ihm einen Fünf-Jahres-Vertrag. Einen Tag vor Vertragsunterzeichnung verletzt sich Wenzel am Knie. Meniskus, Innenband-Riss. Ein Jahr Pause. Dann das Aus. Das Knie ist kaputt. Tragisches Karriereende mit 22 Jahren.

Noah schluckte. Sein Trainer war also kurz davor gewesen, beim FC Bayern zu spielen. Bestimmt hätte er es bis in die Nationalmannschaft geschafft.

War Wenzel deswegen so ruppig zu seinen Spielern? Weil sein eigener Traum geplatzt war wie eine Seifenblase?

Noah schlug das Buch zu. So sollte es ihm nicht ergehen. Er würde keine Möglichkeit auslassen, ein Profi zu werden!

Als er seine Freunde am nächsten Morgen in der Schule wiedersah, war bei ihnen der Ärger verraucht.
„Hey, Capitano", begrüßte Eule ihn wie immer. „Wart ihr verreist?"
Noah nickte abwesend.
„Und dein Handy ist sicher ins Klo gefallen", fügte Matti grinsend hinzu.
„Jedenfalls müssen wir heute doppelt so lange spielen", sagte Hardy. „Matti, Eule und ich haben ein paar neue Tricks drauf. Da wirst du staunen!"
Noah nickte wieder. Dann fiel ihm ein, wo er heute Nachmittag hinwollte. Nach Rohrbach, zum Training.
„Äh, nein", stammelte er. „Heute kann ich nicht. Hab was vor."
Matti schüttelte den Kopf. „Was denn? Du bist doch sonst immer auf dem Platz."
Noah wurde rot. „Aber heute nicht. Ich muss … zum Zahnarzt."
Matti winkte ab. „Dauert ja nicht ewig. Dann kommst du eben nach."
Noah wurde wütend. „Danach geht's auch nicht, klar? Morgen komme ich wieder. Aber heute nicht. Basta!"

KAPITEL 13

WO IST DER CAPITANO?

Wie ein Dieb schlich sich Noah am Nachmittag zur Bushaltestelle. Er nahm ein paar Umwege, um nicht an Hardys Haus vorbeizukommen. Oder an der Bäckerei von Eules Eltern.

Er fühlte sich schäbig. Das änderte sich erst, als er von Christian Wenzel ein Mannschaftstrikot überreicht bekam. Weiß mit schwarzen Streifen.

SC Rohrbach stand auf dem Rücken. Und die Nummer 9, die klassische Zahl für einen Mittelstürmer. Augenblicklich verschwanden Eule, Hardy und Matti aus seinem Kopf.

„Unseren neuen Kameraden kennt ihr ja schon", sagte Wenzel zu den anderen Spielern. „Noch mal

für alle: Er heißt Noah, ist neun Jahre alt und hat bisher nur auf einer Wiese Fußball gespielt."
Einige grinsten herablassend.
Der Trainer sah sie grimmig an. „Eine bessere Schule gibt es für Fußballer nicht. Leute wie Noah nennt man Straßenfußballer. Davon gibt's in Afrika viele Millionen, auch in Brasilien. Aber hier bei uns kaum noch. Was Noah da alles gelernt hat, zeigt er uns heute und am Donnerstag im Training, oder?"
Noah nickte. Es tat saugut, von einem ehemaligen Profi so gelobt zu werden.
Christian Wenzel legte ihm den Arm um die Schulter. „Und wenn alles gut läuft, ist er sicher auch am nächsten Sonntag beim Endspiel dabei."
Das Training begann mit Warmlaufen. Danach Freistoßübungen.
Endlich ein Spiel sechs gegen sechs. Diesmal spielte Noah mit Yannick in einem Team. Aber sooft er auch frei stand, Yannick spielte ihn nicht an.
Der Rest der Mannschaft war nicht anders. Null Teamgeist. Noah kam nicht dazu, sein Können zu zeigen.
Kurz vor Schluss versprang einem Gegenspieler das Leder.
Noah lief ihm den Ball ab. Machte eine Körpertäuschung. Dann stand nur noch ein Mann vor ihm. Kein Problem.

Da dachte Noah an Eule. Eine Sekunde nur. Wie oft hatte er sich mit seinem Freund heiße Duelle geliefert? So wie dieses hier.

Noah wollte den Gegner umspielen. Aber der grätschte ihm den Ball vom Fuß.

„Keine Alleingänge!", rief Wenzel aufs Spielfeld. „Yannick war frei!"

Der gibt doch auch nie ab!, wollte Noah schon rufen. Aber das war ja der Sohn vom Trainer. Über den sagte man besser nichts Schlechtes, wenn man nicht auf der Ersatzbank landen wollte.

Eine Minute später bekam Noah den Ball noch einmal. Mit einem Zuckerpass, direkt aus der Abwehr. Diesmal stellte er sich vor, sein Vater würde ihm zusehen.

Noah trickste seinen Gegenspieler aus. Der verlor den Ball völlig aus den Augen. So schnell waren Noahs Füße.

Noah stürmte bis an die Eckfahne. Eigentlich wollte er sich von hier aus in die Mitte durchschlängeln. Aber da bemerkte er Yannick im Strafraum. Sträflich frei. Keiner deckte den Abwehrspieler.

Also biss Noah die Zähne zusammen und schob ihm den Ball butterweich zu. Yannick musste nur noch den Fuß hinhalten. Tor!

Yannick jubelte, als hätte er gerade die Weltmeister-

schaft gewonnen. Nachdem ihn alle gefeiert hatten, nickte er Noah kurz zu.
Das war's. Kein Dank, kein Abklatschen, nicht mal ein hochgehobener Daumen.
Der Trainer aber lobte Noah. „Sehr gut! So will ich das sehen. Fußball ist ein Mannschaftssport!"
Beim Umziehen in der Kabine machten die Spieler allen möglichen Blödsinn. Zogen sich gegenseitig die Hosen runter und solche Kindereien. Mit Noah sprach keiner ein Wort.
Vor der Halle stand Christian Wenzel. Er lehnte an seinem Auto. Wartete vermutlich auf Yannick.
„Noah, deine Aktion kurz vor Schluss war erste Sahne!", rief er quer über den Parkplatz. „Davon will ich am Donnerstag noch mehr sehen."

Noah nickte und rannte zur Haltestelle. Der Bus kam schon angerollt.
Trotz der Worte des Trainers war die Fahrt nach Hause ätzend. Keiner machte Witze, keiner nannte ihn Capitano, keiner rollte lachend mit ihm über den Boden.
Er vermisste Hardy, Matti und besonders Eule.
Noah schnaufte tief durch. So war es eben, wenn man berühmt werden wollte. Der Trainer hatte *ihn* angerufen, nicht die anderen.
Noah zog sein Handy aus der Tasche. Dann schrieb er eine SMS an seinen Vater.

Was ist wichtiger? Freunde oder Ruhm?

Den Rest der Fahrt über starrte er auf das Display. Aber es kam keine Antwort.
Auch am Dienstag und Mittwoch nicht. Dabei waren die Nachmittage so furchtbar lang.
Noah ging nicht mehr zum Bauwagen. Versuchte auch in der Schule, Hardy, Eule und Matti auszuweichen. Nicht einfach in einer Klasse mit knapp zwanzig Schülern.
Am Donnerstag kam dann der Schock. Als Noah mit seiner Sporttasche zur Bushaltestelle ging, hockten schon drei Gestalten auf der Bank: Hardy, Matti, Eule.

Noah wäre am liebsten im Boden versunken. Aber sie hatten ihn sowieso schon gesehen.
„Schönes Trikot", sagte Eule knapp.
Noah machte schnell den Reißverschluss seiner Jacke zu.
„Bist du da jetzt fest dabei?", fragte Hardy barsch.
„Siehst du doch", antwortete Noah genauso unfreundlich.
„Hast du dir das auch wirklich gut überlegt?", wollte Matti wissen. „Du spielst lieber alleine in einem Verein als mit uns auf der Wiese?"
Noah wurde wütend. „Der Trainer hat mich angerufen, verstanden?", schrie er. „Ich habe gesagt, ich komme nur, wenn Eule auch darf. Das wollte er nicht. Aber mich wollte er, für das Endspiel der Hallenmeisterschaft am Sonntag. Und da geht's um einen Pokal!"
Hardy nickte. „Verstehe", brummte er. „Na dann viel Erfolg."
Der Bus kam. Noah stieg wortlos ein.

KAPITEL 14

DIE WETTE

Für den Rest der Woche sprachen Hardy, Matti und Eule kein Wort mehr mit Noah. Jetzt waren sie es, die ihrem ehemaligen Capitano aus dem Weg gingen.

Noah bekam nur mit, wie sie sich für den Nachmittag am Bauwagen verabredeten. Die Vorstellung, wie die drei alleine dort spielten, versetzte ihm einen Stich.

Also versuchte er, sich ganz auf das Spiel am Sonntag zu konzentrieren. Ein echtes Endspiel, mit einer richtigen Mannschaft.

Der Samstag wollte nicht enden.

Am Sonntag war Noah bereits kurz nach sechs Uhr wach und konnte nicht mehr einschlafen. Vor seinem inneren Auge hatte er den Pokal schon zehnmal hochgehoben. War auf den Schultern seiner Mannschaftskameraden durch die Halle getragen worden. Unter dem Jubel von tausend Zuschauern. Sein Trainer wollte sogar ein Autogramm von ihm.
Noah schüttelte den Kopf. Er stand auf und duschte. Dann setzte er sich mit dem Buch *Deutschlands größte Talente* an den Küchentisch.
In der nächsten Ausgabe würde auch ein Foto von ihm abgedruckt sein. Direkt neben dem von Christian Wenzel, seinem ersten Trainer. Da war sich Noah sicher.
Er kontrollierte den Inhalt seiner Sporttasche. Zum hundertsten Mal. Ja, er hatte alles Wichtige eingepackt.
Nach einer Ewigkeit stand auch seine Mutter auf. Sie hatte für das Endspiel extra ihren Dienst verlegt. So konnten sie sogar gemeinsam frühstücken.
Um neun Uhr brausten sie los. Vor Aufregung sagte Noah während der gesamten Fahrt kein einziges Wort.
In der Halle herrschte Chaos. Auf der Tribüne hockten Jungen in seinem Alter. Aber auch Mütter, Väter, Brüder, Schwestern und weitere Zuschauer.

Zum Glück kam ihnen gleich der Trainer entgegen. Er gab Noahs Mutter die Hand. „Gut, dass Sie da sind. Ich brauche noch ein paar Unterschriften. Für den Eintritt in den Verein und den Spielerpass."

Die beiden verschwanden im Schiedsrichterraum.

Noah warf seine Tasche neben ein paar Spieler im gleichen Trikot. Ihre Namen kannte er noch immer nicht, aber wenigstens war Yannick nicht in der Nähe.

Die Halle füllte sich mehr und mehr. Ihm war schon ganz schlecht vor Anspannung. Vor Zuschauern hatte er noch nie gespielt. Nicht einmal vor seiner eigenen Mutter.

Noah ballte die Fäuste. Er würde es allen zeigen!

Dann kam der Schock. Christian Wenzel sprach die Aufstellung mit ihnen durch. Noah sollte auf die Ersatzbank!

„Es war abgemacht, dass ich heute spiele!", maulte er den Trainer an.

Doch der schüttelte den Kopf. „Ich habe gesagt, du bist beim Endspiel dabei, wenn du in unseren Verein eintrittst. Und dabei bist du ja wohl auch, oder?"

Er zwinkerte Noah zu, aber dadurch wurde der Platz auf der Bank auch nicht weicher.

Dann pfiff der Schiri das Endspiel der Hallenmeisterschaft an.

Beide Mannschaften hatten sich bereits gegen drei Teams durchgesetzt. Hier standen sich also die Besten weit und breit gegenüber. Zweimal dreißig Minuten zu spielen.
„Und ich sitze auf der Bank", murmelte Noah in sich hinein.
Er wusste gar nicht, was er sich wünschen sollte. Tore für seine Mannschaft? Dann würde der Trainer ihn wohl weiter auf der Bank schmoren lassen. Oder Tore für den Gegner? Dann würde Noah sicher eingewechselt werden, aber sie würden verlieren.
Als das 1:0 für den SC Rohrbach fiel, war die Sache entschieden: Noah sprang auf und jubelte. Die ganze Halle jubelte.
„Weiter, weiter!", feuerte Wenzel die Mannschaft an. Kurz danach kam ein starker Auftritt von Yannick. Er rannte aus der Abwehr heraus nach vorne. Der Ball klebte ihm förmlich am Fuß.
Im Strafraum der Gegner legte er quer. Und der Stürmer rammte das Ding in den Kasten.
2:0!
Noah sah zur Tribüne. Seine Mutter klatschte ausgelassen. Noah war stolz. Aber er wollte endlich auch mitspielen.
Dann war Pause. Christian Wenzel lobte jeden Einzelnen.

„Nur nicht nachlassen", forderte er. „Aufs 3:0 gehen, dann ist der Sack zu. Verstanden?"
Die Jungs nickten.
Da räusperte sich Noah. „Kann ich jetzt rein, Trainer?"
Wenzel schüttelte den Kopf. „Nie ein Team verändern, das gewinnt."
Noah biss die Zähne zusammen. Die Ersatzbank war in seinen Träumen nicht vorgekommen. Wut kochte in ihm hoch. Wie konnte Christian Wenzel ihm das antun?
Gleich nach der Pause brach der Gegner über den SC Rohrbach herein. Schon nach wenigen Sekunden fiel das 2:1.
Dann ein schlimmer Patzer von Yannick. Er wollte zum Torwart zurückpassen, schoss aber nicht fest genug. Ein gegnerischer Stürmer jagte an ihm vorbei, schnappte sich den Ball und schob ihn lässig ins Tor. 2:2.
„Weiter, weiter!", tobte Wenzel.
„Kann ich jetzt rein?", fragte Noah.
„Nein", schimpfte der Trainer. „Die sollen den Karren selbst wieder aus dem Dreck ziehen."
Jetzt lief es besser, aber für Noahs Team wollte kein Tor mehr fallen.
Stattdessen konterten die Gäste eiskalt und erhöhten auf 3:2.

Der Pokal rückte in weite Ferne. Kurz danach fiel sogar das 4:2.

Noah atmete tief durch. Dafür habe ich mich jetzt mit meinen Freunden zerstritten, schoss es ihm durch den Kopf. Wie lange blieb ihnen noch zu spielen? Er holte sein Handy aus der Sporttasche.
Eine neue Nachricht – von Luiz. Nur vier Worte, aber sie trafen genau ins Schwarze.

Ohne Freunde kein Ruhm.

Noah biss sich auf die Lippe. Was nutzten ihm Ruhm und Pokal, wenn er keine Freunde hatte, die sich mit ihm freuten?
Er sah zur Tribüne. Da saß seine Mutter mit verkniffenem Gesicht. Aber wer waren die drei Gestalten hinter ihr?
Noah traute seinen Augen kaum. Das war nicht möglich, oder?
Doch er irrte sich nicht. Hardy, Matti und Eule waren tatsächlich gekommen, um ihn anzufeuern.
Eule zeigte ihm seine gedrückten Daumen.
Da wusste Noah, was zu tun war. „Trainer, wenn ich

das Spiel noch drehe, nehmen Sie dann auch Eule in unsere Mannschaft auf?"
Wenzel lachte spöttisch. „Wenn du das Spiel noch drehst, nehme ich sogar deine Oma auf!"

KAPITEL 15

TOD ODER GLADIOLEN

„Phillip, wechseln!", rief Wenzel aufs Spielfeld.
Mit hochrotem Kopf kam der Stürmer zur Bank.
Noah klatschte ihn ab und rannte gleich in den Strafraum des Gegners.
Die Ecke kam. Getreten von Yannick.
Noah nahm Anlauf, sprang ab, segelte aber haarscharf an der Flanke vorbei.
Der Junge hinter ihm köpfte ins Aus.
Abschlag.
Du musst alles geben, durchzuckte es Noah. Es geht um Ruhm oder Untergang. Tod oder Gladiolen, wie Louis van Gaal, der ehemalige Coach vom FC Bayern, immer sagte.
Noah rannte, als wäre der Teufel hinter ihm her. Warf sich in jeden Angriff der Gegner. Passte und grätschte. Aber jedes Mal, wenn er vor dem Tor stand, spielte ihn niemand an.

„Ich bin frei!", brüllte er quer über den Platz.
Zwei Gegenspieler stürzten sich sofort auf ihn. Das machte die Bahn frei für David. Er zog aus zehn Metern Entfernung ab.
Der Torwart streckte sich wie Kaugummi. Aber es reichte nicht.
3:4.
„Gut, Noah! Spitze, David!", rief ihr Trainer und klatschte aufmunternd in die Hände. „Weiter so! Noch fünf Minuten!"
Noah lief zum Anstoßkreis. Er tippte den Ball an und bekam ihn gleich wieder zurück. Körpertäuschung.
Er zog rechts an seinem Gegenspieler vorbei. Den anderen umkurvte er über links. Nur noch zwölf Meter bis zum Tor.
Noah zog in die Mitte. Da riss es ihm die Beine weg.
„Foul!", tobte Wenzel.
Der Schiri pfiff Freistoß.

Noah wollte schießen, aber Yannick nahm ihm den Ball ab und zischte: „Nicht nur du willst hier gewinnen."

Yannick legte sich die Kugel zurecht. Nahm Anlauf und kloppte den Ball unters Lattenkreuz. Ausgleich. In der Halle brandete Jubel auf.

Dann rannte er zur Bank und sprang seinem Vater in die Arme. Auch die Ersatzspieler feierten ihn wie einen König.

„Saustark!", brüllte Wenzel. „Wir gehen in die Verlängerung!"

Noah freute sich kein bisschen. Hätte Yannick ihm nicht den Ball abgejagt, wäre das jetzt sein Jubel. Würden sie jetzt ihn feiern.

Er sah zur Uhr. Noch zehn Sekunden.

Der Gegner hatte Anstoß. Die spielten nun auf Zeit. Langsam schoben sie sich den Ball zu.

Auch vom SC Rohrbach sparten sich alle den Atem für die Verlängerung.

Beide Mannschaften waren mit den Gedanken schon in der Pause.

Noch acht Sekunden.

Der Stürmer spielte den Ball locker zurück zum Torwart. Die anderen sahen bereits sehnsüchtig zu den Getränken auf der Bank.

Noch sechs Sekunden.

Noah wollte sich schon abwenden, da hörte er durch den Lärm hinweg jemanden schreien: „Hol ihn dir, Capitano!“
Eindeutig Eule. Ausgerechnet er, den er durch seinen Eintritt in den Verein verraten hatte. Der auch in den Verein durfte, wenn sie hier gewannen.
Ohne Freunde kein Ruhm.
Tod oder Gladiolen.
Noah rannte los. Dem trudelnden Ball hinterher.
Noch vier Sekunden.
Noch drei.
Der Torwart sah ihn erschrocken an. Ging dem Ball entgegen, um ihn ins Aus zu pöhlen.
Noah war einen Tick schneller am Ball, umspielte den Torwart. Und schob das Leder ins Tor.
Die Pfeife des Schiedsrichters ertönte. Mit einem Schlag war es in der Halle totenstill. Doch nur für drei Sekunden, dann brach die Hölle los. Alle sprangen von den Sitzen auf. Überall blitzten Fotoapparate.
Christian Wenzel rannte auf das Spielfeld und fiel Noah um den Hals. Eine Traube von Spielern tat es ihm gleich.
Lachend brach Noah unter ihnen zusammen.
Fünf Minuten später hob er den Pokal in die Luft. Einen richtigen Pokal.
Doch als der Reporter der Zeitung das Siegerfoto

schießen wollte, machte Noah eine abwehrende Handbewegung.
„Moment, unsere drei neuen Mitspieler müssen auch mit drauf." Er winkte so lange, bis Hardy, Matti und Eule tatsächlich kamen.
Als er ihnen von seiner Abmachung mit Christian Wenzel erzählte, funkelten Eules Augen vor Freude. Noah legte die Arme um sie. Seine besten Freunde. „Uns kann niemand trennen", flüsterte er Eule ins Ohr. „Nicht mal ein Pokal."
Hardy hob die Faust. „Das wird unser Jahr, Leute!"
Matti stimmte mit ein. „Wir vier in einem Verein – wohin sollen nur die ganzen Pokale?"
Christian Wenzel verpasste allen eine leichte Kopfnuss. „Spinner!", sagte er lachend. „Aber Spinner kann ich gut gebrauchen, wenn ihr so seid wie Noah."
Noah grinste. „Das sind sie. Und am Montag kommt auch meine Oma mit zum Training. Versprochen ist versprochen."

Fußball war schon immer *THiLOs* Leidenschaft. Mit neun Jahren schoss er als Stürmer unzählige Tore und war Mannschaftskapitän. Heute schreibt er Geschichten für Kinder und Drehbücher fürs Fernsehen. Für seinen Roman zum Film „Wickie und die starken Männer" gewann er den österreichischen *Buchliebling*. Seine Lieblingsmannschaft: Mainz 05. Da steht er jede zweite Woche im Stadion.

Mehr über THiLO gibt es unter
www.thilos-gute-seite.de

© Klaus Pollmeier

Kaum einer bringt Ballkünstler so treffsicher aufs Papier wie *Jürgen Rieckhoff*. Sein Handwerk lernte er in Hamburg an der FH für Gestaltung. Heute illustriert er Kinderbücher und lehrt als Professor der Hochschule Anhalt Zeichnen und Darstellungstechnik. Im Gegensatz zu seinem Hund und seiner Katze jagt er selbst keinen Bällen hinterher. Aber er drückt seinen Lieblingsvereinen HSV und FC St. Pauli bei jedem Spiel fest die Daumen.